Die werte *Lady* lässt sich gern...

2

Monaka Morinaka

INHALT

5. Kapitel —————— 3

6. Kapitel —————— 47

7. Kapitel —————— 93

8. Kapitel —————— 117

9. Kapitel —————— 142

STORY

◆ Die wohlbehütet aufgewachsene Momoko ist in ihren Nachhilfelehrer Natsuki verliebt. Sie bemüht sich, eine Frau zu werden, die seinem Geschmack entspricht. Doch wenn sie in ihren Nachhilfestunden einen Fehler macht, bekommt sie von Natsuki den Hintern versohlt! Als wäre das nicht schon genug, fällt ihr bald auf, dass diese Art der Bestrafung sie sogar erregt, was sie in eine Krise stürzt. Doch zu ihrer Überraschung scheint Natsuki das sogar zu gefallen. So werden die beiden ein Paar.

◆ Seitdem eskalieren die erotischen Bestrafungen Natsukis noch weiter! Momoko gibt sich weiterhin alle Mühe, den Anweisungen ihres Nachhilfelehrers zu folgen …

Momoko Hojo ◆ Ein junges Fräulein, das an einer berühmten Frauenuniversität studiert. Sie ist stets bemüht, für Natsuki eine elegante und vornehme Lady zu sein.

Natsuki Ayakura ◆ Momokos Kindheitsfreund und Nachhilfelehrer. Obwohl er behauptet, Momoko zu einer unschuldigen Vorzeigedame erziehen zu wollen, erteilt er ihr alles andere als unschuldige Lektionen …

5.
KAPITEL

Schluchz

Aber Natsukis Befehlen...

... kann ich mich nicht widersetzen.

ZUCK

Ah ...

E... Es ...

... fühlt sich gut an ...

So gut ...

ZUCK

SNFF

Uh.

Das hast du gut gesagt.

In letzter Zeit hört Natsuki erst auf ...

... mich zu bestrafen, wenn ich vulgäre Dinge sage.

Manchmal kommt es vor ...

KÜSS

zitter ...

zitter

PLITSCH

... dass er die Bestrafung plötzlich abbricht ...

... per- verse Sachen.

Das Training läuft gut. Sie sagt immer öfter ...

Hn

Uh ...

ZITTER ZITTER

Braves Mädchen.

Was hast du denn? Dein Kopf ist ganz rot.

... und mich einfach stehen lässt.

Na-tsuki ...

TRÄN TRÄN

Ja?

Ähm ...

Könn-test ...

...

Wank Wank

Uwah

!!

Das halt ich nicht aus.

Wank Wank

... hört dieses Kribbeln in mir nicht auf.

Hn ...

Uh ...

Ich muss ...

... etwas sagen, sonst ...

Wenn ich etwas tun soll ...

... musst du es mir schon sagen!

Patsch

Ah!

Sehr löblich, dass du so brav gehorchst.

ZUCK

J...

Ja ...!

ZUCK

Hah Hah Hah

Poch Poch

ZUCK

Hn!

ZUCK

Tupf

Hm?

Wofür denn?

Ent-schuldi-ge ...

Zitter Zitter

... werde ich immer vulgärer.

Oh, vielen Dank ...

Es ist zum Verzweifeln ...

In letzter Zeit ...

Zitter Zitter

Schlaff

Oh! Momo ...?

WIMMER WIMMER

Aber, aber! Nicht weinen, Momo.

Da fällt mir ein ...

!!

Oh, die Blumenschau beginnt?!

Oh!

W... Wirklich?

Waaah

Da geht's dir gleich besser.

Gehen wir doch zusammen hin!

Ich freue mich so ... Hübsche Blumen ...

Nächste Woche beginnt die Blumenschau meiner Mutter.

Die wolltest du sehen, oder?

Schreck

Ich fand ihre Arbeit schon immer faszinierend.

Natsukis Mutter ist Blumenkünstlerin.

Ähm ...

Wo ...

Huch?

Glitzer

Makelloses Aussehen ...

... und ein perfektes Auftreten!

Umdreh

Umdreh

Vergisst, dass es wenig elegant wirkt, wenn man ständig aufs Klo geht!

Stimmt etwas nicht?

Gibt es hier ...

... eine Karte?

Ich muss schnell zurück!

Ich hab ...

DEPRI

Haben Sie sich vielleicht verlaufen?

... mich verlaufen!

Hier bist du falsch, liebste Momo.

!!

Ziiiiieh

Aber das ist doch keine große Sache.

Aua! Das tut weh!

Biieg

Natsuki!

So ein Glück ...

Zuck

Er hätte nicht versuchen sollen, deinen Arm anzufassen.

Natsuki, lass doch ...

Schreck
哈

»Bei einem Date darfst du niemals mit einem anderen Mann als mir allein sein.«

TROPF

Keine große Sache?

Tut mir leid, Natsu-ki!

Ich hab die Regel gebrochen ...

O´´´O Oje!

UWAAAH

Ach, Sie wollten ihr den Weg zeigen?

Sehr freundlich.

LÄCHEL

Du hast dich nur verlaufen ...

... weil ich dich aus den Augen gelassen habe.

Dich trifft keine Schuld.

TAPP

Aber warum...?

Und die Leute da hinten sehen es nicht.

Es ist groß genug.

Ja, und bleib auf dem Sofa.

Auf alle viere ...?

... hier einfach auf alle viere zu gehen.

Ich glaube, es wäre ziemlich vulgär ...

Es ist wichtig ...

KRALL

Es ist sogar eine wichtige Sache, die mir hilft, in Zukunft auf dich aufzupassen.

Gut ...

RUTSCH

Dreh deinen Po zu mir.

Und Natsukis Befehlen kann ich mich nicht widersetzen.

O... Okay ...

Außer mir sieht es niemand.

Und wenn du es tust, ist es überhaupt nicht vulgär.

...

TAPP TAPP

Wo ist denn Momo?

War sie nicht bei dir?

Sie darf mich so nicht sehen ...

Nicht gut!

Zitter Zitter

Aber ...

?!

H... Hallo ...!

Streck

Du bist so klein, dass ich dich gar nicht gesehen habe!

Oh, Momo!

Ich muss mich schnell aufrichten ...

Fin-dest du?

Ich freue mich, dass du hier bist.

Sie ist hier!

I... Ihre Blumen sind wunderschön ...

Zieh

Tapp

Streck

Wind

STREICH

STREICH

Sie kommt...!!

Ich kann ni...

Ah...

Dann werde ich mir alle Mühe geben.

Wie schön!

Hn...

Wind

Du solltest mal nach ihm sehen.

Herr Honda hat dich vorhin gesucht.

ZUCK

ZUCK

Sie wird uns erwischen...!!

Oh, wirklich?

Herrje!

...

Dreh

Bis später, Momo!

Ach ja ...

Gut, dass sie uns nicht erwischt hat.

Ja ...

SPANN'

Flüster

Wa...

Hey!!

Ein- gesackt

Und wenn wir zu Hause ankommen, kriegst du auch dein Höschen wieder.

Da, siehst du?

Bei diesen Blumen habe ich an dich gedacht, Momo.

Natsuki hat mein Höschen ...

... in seine Ja- ckentasche gesteckt?!

SCHOCK

SCHOCK

Gehen wir.

Meine Mutter erwartet uns.

Kein Wunder.

... wirst du zur Exhibitionistin.

Wenn dein Rock auch nur ein kleines Stück verrutscht ...

D... Das will ich nicht ...

Uh ...

...

Ich gehe kurz auf Toilette.

Warte hier, ja?

Wa...

Klack

Halt, warte!

Natsuki ...!

...!

... weiche ich nicht mehr ...

... von seiner Seite.

Dann will ich dir mal dein Höschen zurückgeben.

Flapp

Momo ...

Bitte ...

I... Ich kann es allein anziehen.

Heb dein Bein.

Und hepp!

Das ist Teil deiner Bestrafung.

Willst du es nicht zurück?

Was ist?

Was ?!

WANK

... er doch nicht ...

Das kann ...

Momo?

Hast du verstanden?

!!

ZITTER

Erröt

J... Ja ...

ZITTER

Du willst wieder ...

ZITTER

Momos Dekolleté ①

Fortsetzung folgt

Ein heiterer Nachmittag am Wochenende

WUFF

René!

SCHLECK

Wah!

D... Das kitzelt!!!

Ah!

Aus, René.

SCHLECK

SCHLECK SCHLECK

PACK

Nur ich darf ihre weiße, wunderschöne Haut abschlecken!

Ich bin zu Besuch bei Natsuki.

Du darfst Momo nicht ablecken.

WAFF!

WAFF!

Hah

Ha ha ha!

Hn!!

Poff

Momo ...

Tut es irgend- wo weh?

Geht's dir gut?

Kannst du at- men?

Hah

J... Ja ...

Mir geht's gut ...

Fass meine Momo nicht an.

Da ist diese Ausstellung, zu der ich will ...

Tja ...

Ist Natsuki ...

... etwa sauer?

Drüüück

ギュッ

Hah

Du hast versprochen, dich zu melden, bevor du ankommst.

Hah

Poch Poch

バクッ

Ha...

Haru-ichi ...!

Schreck

はっ

Jetzt ist uns ...

Hoch mit mir ...

L...Lang nicht gesehen ...

BIBBER

びく

... etwas völlig anderes dazwischen-gekommen.

BIBBER

びく

Er lebt normalerweise im Ausland.

Haruichi ist Natsukis älterer Bruder.

Ja, das stimmt.

Lass mich runter!

AAAAH!

Hoch auf den Baum!

Ha ha ha!

Die Schlange ist echt!

Früher hat er oft mit mir gespielt.

Na, wie ist die Luft da oben?

AAAAH!

Macht's Spaß?

6 Jahre

15 Jahre

Hier kommt niemand her!

KAKLICK

Bis dich jemand findet ...

... musst du da drinbleiben!

... wir spielen Verstecken!

Komm ...

Lass mich raus!

Neeeein!

Du klebst mal wieder an Momo, Natsuki!

?!

Meinet- wegen ...

... hatte er solch eine Mühe ...

... mich also beschützt!

Die ganze Zeit über ...

... hat Natsuki ...

GERÜHRT

GERÜHRT

Ganz wie früher.

Ha ha!

Oh!

KLEB

Ich bin diejeni- ge, die sich an Natsuki klammert!

Im Gegen- teil!

Hör auf, Natsuki mit deinen Unter- stellungen zu belästigen!

Wirbel

Wirbel

Tja ...

Tja ...

Sie zittert richtig.

Du hast Momo damals trau- matisiert.

Lass uns reden, während ich mit René spiele.

Lieber nicht.

Komm rüber, Momo!

Aber du solltest dich lieber von ihm fernhalten.

Ich werde auch darauf achten.

Er meinte zwar, er hätte eine Bitte ...

...einfach so verschwunden!

Jetzt ist er ...

Schreck

Oh nein, jetzt hab ich Natsuki schon wieder Sorgen bereitet!

Aber Haruichi ist doch jetzt erwachsen.

Es ist einfach zu gefährlich, wenn du nicht bei mir bist.

Ich bin mir sicher, dass er Interesse an dir hat, jetzt, wo du erwachsen bist.

Mir passt das nicht.

Du musst dir keine Sorgen machen!

Ich glaube nicht, dass er mich noch so ärgern würde wie damals.

Ich weiß nicht.

A... Aber das wird nie passieren!

?!

Und wenn ich einmal unaufmerksam bin ...

Ich würde mich nie in jemand anderen verlieben!

Ganz bestimmt!

... schnappt er dich mir weg

Davor habe ich Angst.

Süß, dass du das sagst ...

Jetzt ist Natsuki verunsichert.

ZAPPEL

ZAPPEL

Wie kann ich ...

Ich hab als Partnerin versagt!

SEUFZ

Aber ich bin trotzdem unsicher.

Irgendwie muss ich ihm Sicherheit geben ...

... aber ich weiß nicht so recht, wie!

Grübel

Denk nach....

Das kann doch nicht sein ...!

Grübel

... würde ich dich an die Leine nehmen.

Wenn du René wärst ...

Vergiss es einfach.

Willst du Tee?

Uff, was rede ich da für einen Unsinn?

Ich bin genauso treu wie Hachiko*, du hast also nichts zu befürchten!

Genau!!

Nein ...

Ich bin doch auch so was ...

... wie dein treues Hündchen!

Ach ...?

* Berühmter japanischer Akita, der als Inbegriff der Treue gilt.

Mein Halsband ...

... passt dir perfekt.

Irgendwie macht mich das glücklich ...

D... Dein Hündchen ...

Was ...

... bist du jetzt, Momo?

RASSEL

GLÜH

Dann musst du dich auch wie eine richtige Hündin benehmen.

Er hat es mir angelegt.

Ich frage Natsukis Halsband.

ZUCK

Natsuki ist mein Herr-chen ...!

Er ist so sanft zu mir.

Ich liebe ihn so ...

Hah ... Hah ...

Ich hätte nichts dagegen ...

Ich will Na-tsuki auch berühren.

... einfach sein Hündchen zu bleiben.

Weißt du ...

René hört auch sehr gut auf »Sitz«.

!

Auch wie du »Sitz« machst ...

... ist unfassbar süß.

... das mich glücklich macht.

Braves Hündchen.

Er sagt so vieles ...

Poch Poch

Das macht ...

Natsu-ki.

... mich sehr froh.

ZITTER

ZITTER

... sind diese Worte verschwendet.

An mir ...

...

ZUCK

J... Ja ...

Natürlich!

Darf ich dich noch etwas streicheln?

POCH

ZUCK

... und deinen Bauch.

Ist das okay?

Aber nicht nur deinen Kopf und deine Wangen ...

... sondern deine Beine ...

ZUCK

Wie bei einem Hund.

Ja ...!

...

Ich kann es kaum erwarten, von ihm berührt zu werden ...

Trän

Poch

Poch

Poch

Ich will nicht mehr »Sitz« machen.

... Momo.

Na gut.

Dann komm her ...

...!!

Das freut ...

... mich.

Ich gehöre dir, Natsuki!

Nein ...

Das wird nie passieren!

Ich will für immer nur Natsukis Hündchen sein.

STREICH

Ah ...

Das ist schön!

Du darfst niemals ein anderes Herrchen haben.

KÜSS

Ah!

KÜSS

Ah ...

Ah ...
Starr
Hn ...
Aaah!
Aber ...
... dafür muss ich ...
Natsu-ki ...
Wenn du so weiter-machst ...
Hm? Was ist dann?
Dann verlier ich ...
Ah!
Zuck Zuck
Knet
... ein gut erzogenes ...
... Hündchen werden ...

... und erziehe sie möglichst unbemerkt ...

... trotz ihrer eleganten Art ...

Ah ...

Ah!

Ich muss dich noch viel mehr streicheln.

Ich lasse mir möglichst viel Zeit ...

... und ohne sie ihrer Unschuld zu berauben zu einer perversen Frau.

Uh ...

J... Ja ...

Tut mir leid.

zitter

zitter

Du magst es doch ...

... ein Halsband zu tragen und gestreichelt zu werden, oder?

...!!

KÜSS

KÜSS

Na-tsu-kiii ...

Hn ...

Ah!

KÜSS

Braves Mädchen.

zuck

... so erziehen ...

... dass ihr Körper es ohne mich nicht aushält.

So süß ...

Ah!

Hn!

Ich liebe dich, Natsuki.

He he ...

Wie schön.

Hah

Hah

KÜSS

Ich muss Momo ...

Hn ...

Haru-ichi ...

Zwischen mich und Momo ...

... lasse ich keine lästige Fliege kommen.

Momos Zuhause

Keine von Momos Tränen soll ihm gehören ...

Aber bestimmt lässt er nicht locker.

Dieser Störenfried ...

Natsukiii!

Hier drüben!

Er wird nie ...

Dabei habe ich ihn extra ins Ausland geschickt.

Diesen Perversen ...

Krrrrfff

Oh, was ist ...

... denn das?

Natsuki, ich ...

Huch?!

Funkel

Obwohl du so viel zu tun hast ...

... hilfst du mir beim Lernen.

Als deine Partnerin und dein Hündchen ist ...

Dafür wollte ich mich bedanken.

... es meine Pflicht, dafür zu sorgen, dass es ...

... dir gut geht.

Eine wunderbare Idee!

Nichts geht über deine Küche, Momo!

... ich möchte, dass du dich bei meinem Essen und meiner Musik entspannst.

Ich kann zwar nicht viel tun, aber ...

Wind

Da Momo ...

Das ist doch ...

Natsuki ...

Würdest du davon kosten?

... wie mir mein Essen schmeckt.

... weiß sie inzwischen genau ...

... mich schon so lange kennt...

Und genau so kocht sie es für mich. Einfach perfekt.

Tee nach dem Essen

Schock

...!!

Das ist köstlich, Momo.

Dann ...

... spiele ich jetzt etwas am Klavier für dich!

Es schmeckt richtig raffiniert.

Sie weiß, welche Lieder ich mag.

Wusch

Wie süß von ihr!

Dann nutze ich die Gelegenheit, um sie genau zu beobachten.

Sie hat sich so viel Mühe gegeben, um mir eine Freude zu bereiten.

Meine perfekte ...

... elegante ...

... und hübsche Lady.

Die Beziehung zu Momo ...

Nichts ist mir wichtiger als sie.

... habe ich über Jahre hinweg sorgfältig aufgebaut.

Ich lasse mir von keinem anderen Perversen dazwischenfunken.

Hach!

Klatsch
Klatsch
Klatsch

Danke, Momo.

Das war wunderbar.

Ich bin wirklich ein Glückspilz.

Drück

Ich bin so ... dass froh ... es ihm gefallen hat.

Oh nein!

Natsuki ...!!

So ein Glück ...!

Hast du deine Aufgaben erledigt?

Also, sollen wir lernen?

Ja!

TAPP

TAPP

Hm ...?

KLAPPER
KLAPPER

Ich habe die letzte Seite vergessen!

Tadah

Die Aufgaben, die Natsuki mir gegeben hat ...

Also ist es meine Schuld.

Nein!

Meine!

Das ist dir ja noch nie passiert.

Du hast diesen Teil wohl vergessen, weil du dir ...

... eine Überraschung für mich ausgedacht hast.

Ich möchte zwar, dass du viel an mich denkst ...

... aber dein Studium darf nicht darunter leiden.

Aber als dein Nachhilfelehrer muss ich dich bestrafen.

QUIETSCH

Als dein Partner freue ich mich natürlich ...

Das fällt mir nicht leicht.

Ja ...

Natürlich!

Löblich.

Meinst du, du schaffst das?

Wenn ich ...

BLINZEL

Komm her.

... sie in so einem Moment zu mir rufe ...

Quietsch

... bedeutet das immer, dass ich ihr den Hintern versohlen werde.

STREICH

Sie beugt sich über meine Beine ...

Das halte ich kaum aus.

Dann kommt Momo ...

... sofort zu mir ...

... und bringt sich in Stellung.

Uh ...

ZITTER ZITTER

... und streckt ihren Po weit heraus.

ZUCK

Ah ...

Hah ...

STREICH

STREICH

Es tut mir so leid ...

Schluck

...

Wa... Ahhh ...

?!

N... Natsu- ki ...

...versohlst du mir nicht...

Warum...

Natsuki?!

Ah!

Was?!

STREICH

STREICH STREICH

Ahhh... ♡

Ah!

Knet

Knet

Du bist so süß!

Wenn du mich so....

N... Nein, ich...

Willst du, dass ich das tue?

Aaah!

...ist das doch...

Streichel!

ZUCK

ZUCK

...sanft streichelst...

Ah!

Hach, Momo...

Giaaah?!

Patsch

Ah
...
Aaah!

ZUCK

Mit
jedem ...

... Schlag
sorge ich
dafür ...

TRÄN

ZUCK

ZUCK

ZUCK

Ah
...!

streichel

Ah!

Gut so.
Brav.

Momo ...

Du
Ärmste.

... dass es
sich für sie
noch besser
anfühlt.

ZUCK

Sie ist unglaublich süß ...

Patsch

Ah!

Für mich ist das hier auch nicht einfach.

Hah!

ZUCK

Mittlerweile sieht man ...

ZUCK

... ihr richtig an, wie gut es sich für sie anfühlt.

Ich kann es kaum erwarten, zusammen mit ihr diese Gefühle zu spüren.

Ich will sie noch mehr zum Weinen bringen.

Hah

Hah

Wenn ich auf ihren weichen Po schlage ...

... wird mir selbst ganz anders.

ZITTER ZITTER

Hah

Hah

Umseh Umseh

ZUCK

Was hast du?

Aber ich muss mich noch zusammen- reißen.

Nur ... Jetzt, da ich weiß, dass Haruichi in Japan ist ...

Ach, nichts ...

Ich weiß, dass das Unsinn ist, aber ...

... habe ich immer Angst, dass er uns nachspio- niert.

... er hat mich so oft über- rascht und erschreckt.

Zuck

Während ihrer Bestrafung ...

... denkt sie also an einen anderen Mann.

Haru-ichi ...

STREICH STREICH

So was ...

... sagt sie zum ersten Mal.

Ver-stehe ...

Früher schon ...

... ist er uns immer in die Quere gekommen.

Hier dürften wir allein sein.

Es ist zwar schön, dass Momo dann immer zu mir kommt! ...

... aber ich kann nicht zulassen, dass er sie immer zum Weinen bringt.

Er achtet kein bisschen auf ihre Gefühle.

Dabei gehören Momos Tränen nur mir.

Wenn du wieder einmal weinen musst ...

... möchte ich, dass du an mich denkst.

Ja?

Momo ...

Stimmt etwas nicht?

Natsuki ...

Oh.

War wieder in Gedanken verloren.

Und ich habe sie noch nie zum Weinen gebracht.

Als ich dich bestraft habe ...

... und du geweint hast ...

... hast du an einen anderen Mann gedacht.

Meine Gedanken sind nur gaaanz wenig abgedriftet.

A... Aber nur ein klitzekleines bisschen!

Schreck

Verstehe.

...?!

... dass das Trauma, das dieser Kerl in ihrem Kopf hinterlassen hat ...

Ich kann nicht erlauben ...

... sie weiterhin beeinflusst.

8. KAPITEL

Das ist doch Quatsch!

Jetzt tu doch nicht so, als würde ich sie mobben!

Hör bitte auf, Momo zu quälen.

Haruichi?

Tust du ja auch!

Kommt nicht oft vor, dass du laut wirst.

Hm?

Das geht dir doch auch so, oder?

Ich muss zugeben, sie weinen zu sehen, hat irgendwie seinen Reiz.

117

Seit ...

... wir Kinder waren, habe ich mir viel Zeit genommen.

Na-tsuki ...?

Momos Tränen scheinen Lüstlinge wie uns anzuziehen.

Meine Bestrafungen erzielen nun bei ihr diese Wirkung.

... dass ich ihm gute Gefühle bereiten kann.

Und ihrem Körper eingeprägt ...

Sie viel gestreichelt ...

Aber was ...

... wenn die Schläge eines anderen Mannes ...

... das auch tun ...?

...?

Komm,
Momo.

... und
beweg
dich nicht.

Stell
dich hier-
hin ...

?!

ZIEH

Was
...?

RUTSCH

Dass nur ich ihr diese wunderbaren Gefühle bereiten kann ...

Damit niemand anders ...

?

... sie je verführen kann.

N... Na gut ...

Poch

Poch

... dich genau hier ...

Wa...?!

... muss tief in ihren Körper eingeprägt werden.

GLEIT

Und jetzt werde ich ...

Dass sie wegen so etwas das Bewusstsein verliert ...

... ist absolut entzückend.

Wa...

Natsuki ...

Knöpf
Knöpf

Hm?

Danach ist sie nie darauf eingegangen.

Vermutlich, weil sie es ...

... für einen Traum gehalten hatte?

Das hab ich vor Kurzem doch schon mal gemacht.

Schon vergessen?

Ich habe sie dort unten schon unzählige Male ...

... diese Stelle ...

Doch nicht ...

... mit der Zunge berührt, während sie schlief.

126

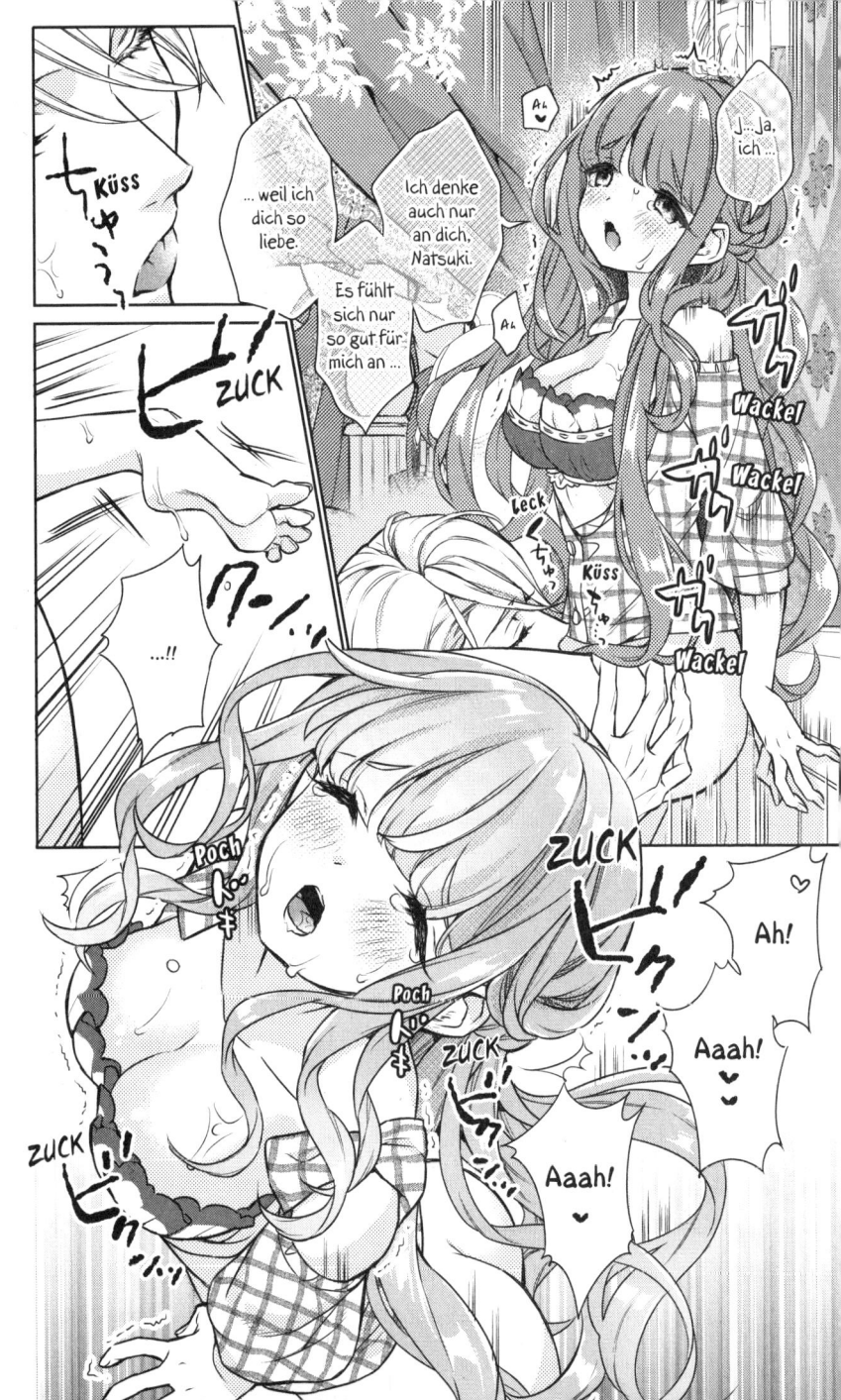

Also noch mal.

Wa...

Aber als du gekommen bist, hast du mir nicht in die Augen gesehen.

Das ...

... reicht noch lange nicht.

Du darfst aber nicht das Bewusstsein verlieren.

Du musst noch mehr davon spüren ...

... und es dir in dein Gedächtnis einbrennen.

Das war doch genug.

Hah ...

Ah ...

Ein andermal.

9.
KAPITEL

Nach meinem Gespräch mit meinem Bruder und Momo ...

... kam ich zurück ins Haus, weil ich etwas vergessen hatte.

Am Tag meiner Rückkehr nach Japan ...

Und dort ...

Aus Neugier wagte ich einen heimlichen Blick ...

... in das Zimmer meines Bruders.

Wuff
...

Hn
...

Ah
...

Wuff!

... zum
Schoßhund
meines Bru-
ders wurde.

... sah ich, wie
das Fräulein
aus der Nach-
barschaft ...

Natsuki absolviert ein Master-Studium an einer naturwissenschaftlichen Fakultät.

Neben einigen Seminaren hält er ...

... öfter auch solche Vorträge über seine Forschung.

Letzten Monat war er sogar auf einem internationalen Symposium.

Vieles davon versteh ich nicht ...

... aber ich höre aufmerksam zu!

starr

An dieser Stelle ...

Zuck

»... darf niemals ...«

»... jemand anders ...«

»... so in dich eindringen wie ich.«

Und ich denke an so was?!

Er hält gerade so einen spannenden Vortrag ...

Schreck

TRÄUM

...

Er ist ganz schön beliebt.

In letzter Zeit stimmt etwas mit mir nicht, Natsuki.

Ja...

Momo!

Hast du alles verstanden?

J... Ja...

Poch

Ich meine, nein ...

... denke ich immer sofort an schmutzige Dinge.

Wenn ich dich sehe...

Ich will sorgsam mit dir umgehen.

Warte, immer langsam.

Aber du kannst dich ruhig gehen lassen!

Das glaube ich dir nicht!

?

Wie süß ...

Was? Meinetwegen?

STARR

SCHÄM

Und es dir ganz ...

Ich wünsche mir das schon lange ...

... langsam beibringen.

Hah ...

Hah ...

Hah ...

... mittlerweile vielleicht zu vulgär geworden?

Bin ich ihm ...

Na gut ...

Bitte geduide dich noch.

Das sagt er die ganze Zeit schon.

Hah ...

ZUCK

...

Ich blicke da nicht durch!

Will er etwa nicht, dass ich ihn berühre?

Hm?

...denn niemand mit Natsuki weiterhelfen?

Kann mir ...

Haru-ichi?!

くたばり

GAMMEL

Heute startet meine Ausstellung.

Was machst du hier?

Momo ...

Ich wollte dich einladen.

Mitten auf der Straße?!

Natsu-
ki ...

Ich
bringe
Natsuki
mit!

Herzlichen
Glück-
wunsch!

Seine
Ausstel-
lung!

Aber ich
hab so ei-
nen üblen
Kater ...

ぱたり
KIPP

Mir
geht's
echt
mies.

Oh,
Mist ...

SCHWANK

... hält mich
für einen
hoffnungs-
losen
Perversen.

Er würde
nie mit-
kommen.

ZÖGER

!!

»Halte
dich von
Haruichi
fern.«

Da darf
ich nicht
fehlen.

Bringst
du mich
hin?

Momo
...

Haruichi!

Heute
findet der
Eröffnungs-
empfang
statt ...

... habe ich besonders ansprechende Damen ausgewählt als meine Modelle ...

Doch als meine Modelle ...

Nun ...

Schließlich sind ...

... alle Frauen einfach wunderschön.

Herr Ayakura!

Erzählen Sie etwas über Ihr neuestes Werk!

Diesmal habe ich versucht, die Schönheiten Japans einzufangen.

... und ihr mysteriöses Wesen auf Leinwand zu bannen.

Ich verwende all meine Inspiration darauf, die ideale Weiblichkeit wiederzugeben ...

Herr Ayakura!

Herr Ayakura!

Haruichi ...

...hat sich in all den Jahren ...

Früher war er mein Peiniger, aber jetzt ähnelt er Natsuki ein bisschen.

STARR

Kunst muss knallen!

... sehr verändert.

Tapp

Tapp

SCHRECK

Geht heim.

Du bist mit Natsuki zusammen, oder?

Warte!

Wa... ?!

J... Ja ...

SCHÄM

Und macht ihr solche Dinge wie neulich ständig?

Was für Dinge?

Vor ein paar Wochen ...

... hatte ich das Glück ...

Oh, ein paar Wochen erst?

PIKS   PIKS

Wuff.

Wackel
Wackel

?!

Am Tag meiner Rückkehr nach Japan ...

... habe ich zufällig gesehen ...

... wie du sein Hündchen gespielt hast.

ZITTER ZITTER

STAMMEL

Ha ha ha!

Da musst du was verwechseln!

GA" ZITTER
GA" ZITTER

I... Ich weiß ...

... nicht, w... was du meinst ...

Er hat Natsuki und mich gesehen!

Du scheinst ja oft in seiner Nähe zu sein ...

Was mach ich jetzt?!

starr

Oh nein ...

GA"
ZITTER

GA"
ZITTER

Willst du mehr über Natsuki erfahren?

Ich weiß viel mehr über ihn als du.

Ich war zwar im Ausland ...

... aber ich bin sein Bruder.

Er versucht ...

Seit etlichen Jahren macht er das schon.

... dich zu manipulieren und zu kontrollieren.

Du solltest lieber aufpassen.

DIE WERTE LADY LÄSST SICH GERN ... BAND 2 – ENDE

Momos Dekolleté ③

Was bisher geschäh

Natsuki spielt verträumt zwischen Momos Brüsten herum.

Du musst dich anziehen.

He!

Deine Finger sind so schön.

Ich weiß nicht, warum ...

... aufregend und macht mich ...

Es ist irgendwie ...

... glücklich, wenn du sie dazwischensteckst.

Ah!♥

Schwupp

ZITTER

Sonst stecke ich meine Hand wieder dazwischen.

Aha.

Aber ...

Ja?

Ja ...

Ich mach ja schon.

Grins

Ja, sehr gern!

Darf ich ab und zu mal die Finger dazwischenstecken?

Hn ...!

Kьüüüüaaaaarüüsss

Momo weiß einfach, wie sie mich um den Verstand bringt!

Hach, du bist zuuu süüüüß!!

Hnnnngh?!

Aaaaah!!

WAH

SCHÄM

Ende. Fortsetzung folgt im nächsten Band! (vermutlich)

Autorenkommentar

Monaka Morinaka

Ich bin überglücklich, dass ihr mich auch
in den zweiten Band begleitet habt. Ihr müsst
unheimlich tolle Menschen sein! Ich wünsche
euch allen, dass ihr immer glücklich seid ...!
Mich zum Beispiel macht es glücklich, Brüste
zu zeichnen. Deshalb hoffe ich, auch in Zukunft
noch ganz viele Brüste zeichnen zu dürfen.
Noch eine Info am Rande: Momo ist Studentin
und 20 Jahre alt, während Natsuki Master-
Student und ungefähr 22 Jahre alt ist.
Viel Spaß mit diesem Band!

Die werte *Lady* lässt sich gern
den *Hintern* versohlen

TOKYOPOP GmbH
Hamburg

TOKYOPOP
1. Auflage, 2022
Deutsche Ausgabe/German Edition
© TOKYOPOP GmbH, Hamburg 2022
Aus dem Japanischen von Christopher Derbort

OJOSAMA WA OSHIOKI GA SUKI Vol. 2 by Monaka MORINAKA
©2019 Monaka MORINAKA
All rights reserved.
Original Japanese edition published by SHOGAKUKAN.
German translation rights arranged with SHOGAKUKAN
through The Kashima Agency.
Original cover design: Kanai Design Room

Redaktion: Sabine Scholz
Lettering: Vibrant Publishing Studio
Herstellung: Alina Kronenberg
Druck und buchbinderische Verarbeitung:
CPI – Clausen & Bosse GmbH, Leck
Printed in Germany

Wir achten auf die Umwelt.
Dieses Produkt besteht aus FSC®-zertifizierten
und anderen kontrollierten Materialien.

ISBN 978-3-8420-7413-2

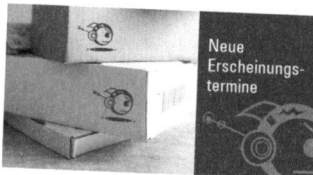

I♥SHOJO
少女漫画が大好き

News   Vorschau   ShoCo Cards   My Shojo Moments   Community ∨   About   Shop   ☆ VIP-Bereich ☆

ShoCo Cards

ShoCo Card steht für SHOJO Collectors Card.

Seit April 2014 erscheint jeden Monat ein neuer SHOJO Top-Titel, dem in der Erstauflage eine ShoCo Card zum Sammeln beiliegt. Außerdem erscheinen zwischendurch auch ganz spezielle ShoCo Cards – wie zum Beispiel die Halloween ShoCo Card im Halloween Pack von Scary Lessons!

Die Vorderseite ziert eine hübsche Illustration zum jeweiligen Manga und auf der Rückseite findest du einen Steckbrief und Infos zu der entsprechenden Mangaka.

Auf dieser Seite erfährst du, in welchen Manga die begehrten **ShoCo Cards** beiliegen und in welchem Monat sie erscheinen. Aber beeil dich, wenn du alle Karten sammeln möchtest: Nur in der Erstauflage sind die Karten enthalten!

Alle   ShoCo Cards

Januar 2021: Check Me Up!, Band 01

Dezember 2020: Die Geschichte vom Untergang unserer Liebe, Band 01

November 2020: Lovesick Ellie, Band 03

Oktober 2020: Verliebt in die Nacht, Band 01

November 2020: Ein Kuss reinen Herzens, Band 01

Oktober 2020: Something bad with ... Band 01

Seite durchsuchen...   LOS

✉ Kontakt

Du erreichst uns jederzeit unter:
iloveshojo@tokyopop.de.

📷 Instagram

Mehr laden...

Neue Fragen aus der Community

Interviews, Fanart, ShoCo Card Übersicht und noch vieles mehr erwarten euch!

Folge uns auch auf
f www.facebook.com/iloveshojo
📷 tokyopop_iloveshojo
🌐 iloveshojo@tokyopop.de

Drei hübsche Schuber mit Wechselcover!

Die i♥Kayoru Box 3 enthält:
Die Blüte der ersten Liebe
Zusammen mit Dir
Leuchtend wie Yukis Liebe

Entdecke jetzt die Einzelbände von Kayoru!

Die i♥Kayoru Box 1 enthält:
Du + Ich = Wir
Ich hab dich stets geliebt
Blutige Liebe

Die i♥Kayoru Box 2 enthält:
Ballerina Star
Eine reizende Braut
Verrückt nach Erdbeere

Austauschbare Inlays!
Gestalte die Schuber, wie sie dir am besten gefallen!

SIRUPSÜSSE SÜNDE

Kayoru

Nur eine Wette oder doch die wahre Liebe?

Kaede ist ein Playboy, wie er im Buche steht! Da er ständig auf der Suche nach neuen Abenteuern ist, wetten seine Kumpel, dass er es nicht schafft, Tsukiko ins Bett zu kriegen – ihre 27-jährige Englischlehrerin! Diese ist immerzu bemüht, die perfekte Frau zu verkörpern, doch in Wahrheit ist sie eine totale Chaotin und trinkt gern ein Glas zu viel. Ob Kaede ihre schlechten Angewohnheiten ausnutzen wird, um sie ins Bett zu kriegen?

www.tokyopop.de

SEXY SHORT STORIES

Ai Hibiki

»Ich wusste gar nicht, dass du so sexy bist!!«

Aki ist schon seit Langem in ihren Kindheitsfreund Hayato verliebt. Plötzlich bietet sich für sie die Möglichkeit, in seinem neuen Filmprojekt die Hauptrolle zu übernehmen. Es handelt sich allerdings um einen erotischen Kurzfilm! Ist das endlich die Gelegenheit, sich Hayato von einer anderen Seite zu zeigen und ihn womöglich zu verführen? Fünf süße, erotische Kurzgeschichten über die Liebe, Lust und Leidenschaft aus der Feder von *Dein Verlangen gehört mir*-Autorin Ai Hibiki!

www.tokyopop.de

UNWIDERSTEHLICHER S
Ai Hibiki

Ich werde eine vorzügliche Liebhaberin!

Da ihr Vater hoch verschuldet und die Mutter sehr krank ist, beschließt Miku ihre Familie aus der finanziellen Notlage zu befreien. Sie will sich einem reichen Verwandten als Mätresse anbieten, wird jedoch bereits an den Toren des Anwesens vom Butler abgewiesen, da sie zu unerfahren sei. Was Miku an Kenntnissen in Sachen Liebe fehlt, gleicht sie jedoch mit Hartnäckigkeit aus. Und so muss sie sich ausgerechnet von dem gut aussehenden Butler Sogo »Liebesunterricht« erteilen lassen, um die Position der Liebhaberin zu ergattern ...!

www.tokyopop.de

KÜSS MICH RICHTIG, MY LADY!

Kayoru

Liebe, Luxus, Leidenschaft

Nene weiß, was sie will, und sie bekommt, was sie will. Vor allem von Sakuma, ihrem persönlichen Butler. Schon als Nene ein kleines Mädchen war, las er ihr jeden Wunsch von den Augen ab. Auf die Erfüllung eines bestimmten Wunsches wartet Nene jedoch vergeblich: eine romantische Liebeserklärung. Als Nenes Vater plötzlich mit einem Verlobten für sie vor der Tür steht, fasst sie einen Entschluss: Wenn sie jetzt schon die Rolle einer Ehefrau ausfüllen soll, dann bitte vorbereitet! Und kein anderer als Sakuma soll sie dabei anleiten ...

www.tokyopop.de

LIEBE KENNT KEINE DEADLINE!
VERRÜCKT NACH EINEM MANGAKA

Kayoru

Verführerisch-freche Highschool-Lovestory à la Kayoru!

Ichika, hübsche Tochter aus reichem Hause, scheint das Sinnbild der perfekten Schülerin zu sein. Was jedoch kaum jemand weiß: Sie ist ein leidenschaftlicher Otaku und gibt sich in ihren Tagträumen schönen Mangahelden hin. In die Realität holt sie der Rowdy Subaru zurück, der sie nach einem Streit plötzlich verschleppt und sich kurz darauf als ihr Lieblingsmangaka vorstellt ...!

www.tokyopop.de

DEINE TEUFLISCHEN KÜSSE

Kayoru

Teuflisch-süße Highschool-Lovestory à la Kayoru!

Als Mokas Vater seinen Job verliert und die ganze Familie plötzlich kein Dach mehr über dem Kopf hat, kommen sie dank Mokas Klassenlehrer Herrn Onimiya, Spross einer reichen Unternehmerfamilie, an eine günstige Wohnung. Auf Geheiß ihrer Verwandten soll Moka allerdings bei ihrem Lehrer wohnen – in der Hoffnung, dass sie sich verlieben und später heiraten. Doch der geliebte Lehrer ist in Wirklichkeit ein Teufel, der sie bei jeder Gelegenheit schikaniert ...

www.tokyopop.de

NACH DER SCHULE: LIEBE

Kayoru

Erotische Highschool-Lovestory à la Kayoru!

Weil Schülerin Komachi ein nettes Äußeres hat, wird sie auf Wunsch der Eltern mit dem zuvorkommenden und gut aussehenden Schülerratspräsidenten Sakuya verlobt, für den sie schon so lange schwärmt. Überglücklich sieht sie dem gemeinsamen Zusammenleben entgegen, doch schon am ersten Abend zeigt Sakuya sein zweites Gesicht und macht mit ihr, was er will. So hatte sich Komachi das alles nicht vorgestellt ...

www.tokyopop.de

BITE MAKER

Miwako Sugiyama

Der erste Shojo-Manga im Omegaverse!

Mit den Genen eines Alphas und einzigartigen Fähigkeiten aus-
gestattet, liegt dem smarten Nobunaga das Tokyo der Zukunft
zu Füßen. Ein Los, das nur einer von 100.000 Menschen zieht!
Obwohl er scheinbar alles haben kann, verzehren sich sein Körper und Geist nur nach einer Person: einer Omega. Auch das
Leben der hübschen Noel wird von der Sehnsucht geprägt. Wie
gern würde sie ein ruhiges Dasein als Beta führen. Als sie jedoch
per Zufall auf Nobunaga trifft, begreift sie, wie sehr ihre Gene ihr
Schicksal bestimmen ...

www.tokyopop.de

DEIN VERLANGEN GEHÖRT MIR

Ai Hibiki

Nichts als Sex im Kopf!

Frauenheld Mahiro und Musterschülerin Rei leben durch die Heirat ihrer Eltern ab sofort unter einem Dach! Da Mahiro hobbymäßig in jeder freien Minute mit Mädchen zusammen ist, zieht er sich den Zorn von Rei zu, die ihn deswegen offen kritisiert. Dafür will er sich rächen, doch damit nimmt das Unheil seinen Lauf, denn jetzt lässt Rei ihm keine ruhige Minute mehr ...!

www.tokyopop.de

DO SOMETHING BAD WITH ME

Haru Aoi

My Bucket List of Love

Wer Hilfe benötigt, ist bei Musterschülerin Towako bestens aufgehoben, denn sie ist freundlich, ordentlich und hilfsbereit. Vorausgesetzt man ist ein Mädchen, denn Towakos Hass auf Jungs ist schulbekannt! Gerade frisch an der Highschool, lernt auch der hübsche Yui ihre kühle Art kennen. Als ihm Towakos Notizen in die Hände fallen, erfährt er ihr Geheimnis: Nur zu gern würde sie mit einem Jungen unanständige Sachen machen ...

www.tokyopop.de

CHECK ME UP!

Maki Enjoji

Diagnose? Liebe!

Als Nanase gemeinsam mit dem jungen Arzt Dr. Tendo das Leben einer alten Dame rettet, ist es um sie geschehen: Diesen attraktiven Helden muss sie wiedersehen! Sie schlägt die Laufbahn der Krankenschwester ein und landet sogar in derselben Klinik wie Dr. Tendo! Doch die Begegnung verläuft anders als gedacht. Statt auf einen charmanten Arzt trifft sie auf einen dämonischen Mediziner, dem die Kollegen wegen seiner ruppigen Art aus dem Weg gehen. Nanase lässt sich jedoch nicht einschüchtern und bietet ihm mit frechen Sprüchen die Stirn!

www.tokyopop.de

HAPPY MARRIAGE?!

Maki Enjoji

Die Erfolgsserie als Sammelband-Edition!

Um die Schulden ihrer Familie zurückzahlen zu können, jobbt
die Büroangestellte Chiwa nebenher als Hostess. Ihre Erfah-
rungen mit Männern tendieren allerdings gegen null. Als ihr
Firmenchef Hokuto eines Tages vorschlägt, ihn im Austausch
für die Übernahme der Schulden zu heiraten, stimmt Chiwa
wohl oder übel zu. Die Ehe soll geheim bleiben, und eigent-
lich will Chiwa sich auch bald wieder scheiden lassen, doch da
lernt sie seine netten und zärtlichen Seiten kennen ...

ALLE SIND IM HOCHZEITSWAHN

Izumi Miyazono

Ja, ich will (nicht)!

Die erfolgreiche und frisch getrennte Bankangestellte Asuka
träumt davon zu heiraten. Doch irgendwie will sich kein pas-
sender Partner finden. Als schließlich mit Fernsehsprecher
Ryu ein aussichtsreicher Kandidat auftaucht, wird es kompli-
ziert. Denn der lehnt eine Hochzeit klar ab! Aber Gegensätze
ziehen sich ja bekanntlich an ...

www.tokyopop.de

PROMISE CINDERELLA
Oreco Tachibana

Mein Leben, meine Spielregeln!

Hayame hat schon seit ihrer Kindheit einen starken Sinn für Gerechtigkeit, welcher sie immer wieder in Schwierigkeiten bringt. Als sie von der Affäre ihres Mannes erfährt, stellt sie ihn zur Rede – und wird prompt von ihm auf die Straße gesetzt. Arbeits- und obdachlos versucht sie, ihr Leben zurückzuerkämpfen. Dann lernt sie den verwöhnten Highschool-Schüler Issei kennen, der ihr Geld und eine Unterkunft anbietet. Das Ganze hat jedoch einen Haken: Sie muss dafür nach seiner Pfeife tanzen! Hayame willigt ein, spielt jedoch nach ihren eigenen Regeln ...

www.tokyopop.de

STOPP!

**Dies ist die letzte Seite des Buches!
Du willst dir doch nicht den Spaß verderben
und das Ende zuerst lesen, oder?**

Um die Geschichte unverfälscht und original-
getreu mitverfolgen zu können, musst du es
wie die Japaner machen und von rechts nach
links lesen. Deshalb schnell das Buch um-
drehen und loslegen!

So geht's:

Wenn dies das erste Mal sein
sollte, dass du einen Manga
in den Händen hältst, kann dir
die Grafik helfen, dich zurecht-
zufinden: Fang einfach oben
rechts an zu lesen und arbeite
dich nach unten links vor.
Viel Spaß dabei wünscht dir
TOKYOPOP®!